侦探猫系列

# 被绑架的"熊宝宝"

[法]克里斯蒂安·格勒尼耶 著

张昕 译

电子工业出版社
Publishing House of Electronics Industry
北京·BEIJING

Une rançon pour Bichon
© RAGEOT-EDITEUR Paris, 2018
Author: Christian Grenier
All rights reserved.
Text translated into Simplified Chinese © Publishing House of Electronics Industry Co., Ltd,2022

本书中文简体版专有出版权由RAGEOT EDITEUR通过Peony Literary Agency Limited授予电子工业出版社，未经许可，不得以任何方式复制或抄袭本书的任何部分。

版权贸易合同登记号　图字：01-2021-5007

**图书在版编目（CIP）数据**

被绑架的"熊宝宝"/（法）克里斯蒂安·格勒尼耶著；张昕译. --北京：电子工业出版社，2022.1
（侦探猫系列）
ISBN 978-7-121-42292-8

Ⅰ. ①被… Ⅱ. ①克… ②张… Ⅲ. ①儿童小说－长篇小说－法国－现代 Ⅳ. ①I565.84

中国版本图书馆CIP数据核字（2021）第227901号

责任编辑：吕姝琪　文字编辑：范丽鹏
印　　刷：北京天宇星印刷厂
装　　订：北京天宇星印刷厂
出版发行：电子工业出版社
　　　　　北京市海淀区万寿路173信箱　邮编：100036
开　　本：787×1092　1/32　印张：19.625　字数：258.2千字
版　　次：2022年1月第1版
印　　次：2023年4月第6次印刷
定　　价：140.00元（全7册）

凡所购买电子工业出版社图书有缺损问题，请向购买书店调换。若书店售缺，请与本社发行部联系，联系及邮购电话：（010）88254888，88258888。
质量投诉请发邮件至zlts@phei.com.cn，盗版侵权举报请发邮件至dbqq@phei.com.cn。
本书咨询联系方式：（010）88254161转1862，fanlp@phei.com.cn。

# 出发去度假

"妈妈！"乐乐大声说，"快看那块指示牌！"

"厕所还有2千米！"贝贝接着说。

"这会儿就要上厕所吗？"麦克斯坐在副驾驶的位置上，嘟囔着说，"收费站有休息区。我们离开圣-德尼，绕过巴黎居然花了2个小时，可是才走了50千米……真是难以置信！"

我躺在后座上,就在双胞胎姐妹中间。我竖起了一只耳朵,才走了50千米?呃,好吧,看来我们离佩里戈尔还有很远呢!

"这很正常。"罗洁丝叹了口气说,"是你自己想要在8月1号早上8点出门的吧?你瞧,这是个很糟糕的主意。"

"可是假期一天也不该浪费呀!不过,看样子我们得晚上才能到热尔曼家了。"

我跟双胞胎姐妹都迫不及待地想去热尔曼家。热尔曼是罗洁丝(没错,她是双胞胎姐妹的妈妈)的老同事,他住在一座村子里,就在多尔多涅河边的一片大树林附近。那里可比我们现在那间位于六楼的三室公寓好多了。等到了那儿,我就可以大显身手啦!

"妈妈，慢点儿开。"贝贝说。

"是呀，别错过了出口！"乐乐说，"我现在真的很想尿尿。"

呃……我也是。我要好好利用这次停车休息。

车子停稳以后，我把前爪搭在了汽车后挡风玻璃上面伸了个懒腰。

"赫尔克里准是想出去啦。"金发的乐乐说。

"那你们用链子把它拴住吧。"麦克斯说。

"老爸,你在搞笑吗?"红发的贝贝表示抗议,"赫尔克里根本没理由逃走呀。他是只特别聪明的猫,跟其他的猫不一样!"

贝贝很喜欢观察,而且观察力很敏锐。我想,她已经猜出我能听懂人类的语言了。

"每次我们一叫他,他就马上过来了。"乐乐跟着说。

呃,这个问题我就不是很确定了。乐乐应该知道,其实我只是像人类常说的——"做个样子"而已。

双胞胎姐妹下了车,朝厕所跑了过去。

罗洁丝坐在驾驶位上,听着实时新闻播报。

麦克斯不声不响地掏出一支烟。可是,就在昨天,他还信誓旦旦地表示他要戒烟了呢!

我离开了停着的车子,打算自己找个地方方便一下。

只有人类才会特地跑到一个专门的房子里去解决屎尿问题呢。对于我们猫来说,只要刨个小土坑就足够了!

我在休息站到处闲逛。突然,一些声音吸引了我的注意力。毫无疑问,那是痛苦的叫喊声。

我竖起一只灵敏的耳朵(一只就足够了,何况我有两只呢),很快就定位到了声音的来源——一辆又脏又旧的白色货车。

那些痛苦的呻吟和呜咽声就是从车里传出来的。

我跳上了发动机盖,发现车里是空的。咦,不对!后座上好像有一只小狮子。

他倒在后座上,半埋在一条大毯子底下。

我不敢相信自己的眼睛!

# 落入陷阱

小狮子？怎么可能！

原来，那是一只大狗，长着惊人的棕红色长毛。他四脚乱踢，就好像着了魔似的。显然，他被捆了起来。真是难以置信！

人类总是会冒出一些可笑的想法，比如现在，这只狗这么大，怎么可能从窗户缝里逃走呢？

不过，这道缝倒是足够让我钻进车里……唔，还是不太容易。我得再试一次！

我紧紧扒住车窗，努力地钻了进去，然后轻轻一跳，落在那只大狗身边。天哪，好可怕！他的四只爪子都被绳子捆住了！

"冷静点儿，大家伙……让我来看看能帮你做点儿什么。"

他什么反应都没有。奇怪，这只狗难道根本听不懂猫语吗？

这下，我有点儿犹豫了。要是我咬断了绳子，让他恢复自由，他说不定会一口把我吞下肚。这个大家伙至少比我重20倍！

突然，我听到了非常熟悉的"咔嗒"声。那是车门锁被打开的声音！

"啊……我刚才真的很想喝咖啡！"

"没错。咱们都需要休息一下。"

前面的两扇车门被打开了，又重新关上了。

一个男人坐在了驾驶位上，另一个男人坐上了副驾驶位。

"狗怎么办？"副驾驶位上的男人转身看了一眼说，"要不咱们放它出去遛遛？"

"罗密欧，你想什么呢！绝对不行！再说，它不是挺老实的。"

我本能地钻到毯子底下躲了起来。那只大狗也一声不吭了，他很警惕地用大大的湿鼻头嗅着我的气味。接着，他又开始哼唧起来。不好意思，老兄，忍忍吧。这个后座绝对够咱们俩都躺下的。

可是，就在这时，汽车引擎发出了轰鸣声。

天哪！这辆货车要开走了！

"居斯！"副驾驶位上的男人大叫起来，"别走那边！你逆行了！你看不见禁止通行的牌子吗？！"

"见鬼。"司机嘟囔了一句，开始掉头，"你说得对，不能走咱们开进来的那条路。"

"居斯，你真该去换一副眼镜了！"

对我来说，真该赶紧逃走了！我从毯子底下探出脑袋。我看到司机（居斯）的头顶几乎挨到了车顶。副驾驶位上的男人（罗密欧）是个大秃头，他的头顶只比座椅靠背高出那么一丁点儿。

懂了。居斯是瘦高个，罗密欧是矮胖子。

现在的问题是，居斯打开了车内空调，

然后关上了车窗。我逃不掉了!

而且,这辆车现在已经离开了休息站。

我转了个身,从后车窗看到了双胞胎姐妹。她们肯定是来找我的。当她们即将消失在我视线里的那一刻,乐乐和我四目相对了,我看到了她惊讶万分的表情。她肯定不明白我怎么会在这辆车里,而且为什么要钻进别人家的车。说句实话,我自己也不明白!

眨眼之间,这辆货车就带着4个"乘客"开上了高速公路。其中之一是偷偷摸摸上的车,而且他根本就不想踏上这段未知的旅程。那名"乘客"就是我——赫尔克里。

我真是对不起自己"超级聪明的猫侦探"这个美名,居然像个新手一样掉进了陷阱。

# 与众不同的狗

不过，我还是心存希望。双胞胎姐妹看到了我，她们很快就会说服麦克斯，让他来追这辆货车的。

至于那只大狗，他已经睡着了。他肯定是累坏了。

"罗密欧，把广播打开！"

"没问题，好弟弟！我来调到新闻频道。"

弟弟？这两个家伙是兄弟？可是，他们根本不像。而且，这个罗密欧真是对不起他的名字，长得一副呆头呆脑的样子，他恐怕永远也找不到属于自己的朱丽叶！

"今早将近8点钟，诺伊利镇发生了一起绑架事件。一只狗被绑架了。这不是一只普通的狗，因为它的主人是贝滕隆夫人……"

"她说出去了！"司机大叫起来，"可是，我明明让你在信里告诉那个贝滕隆夫人：'要是你敢报警，你就再也见不到自己的狗了！'"

"居斯！你跟我说的是'报警'！可她找的是记者啊。"

"傻瓜，这有什么区别！"

"那……那我们要怎么处理那条狗啊？

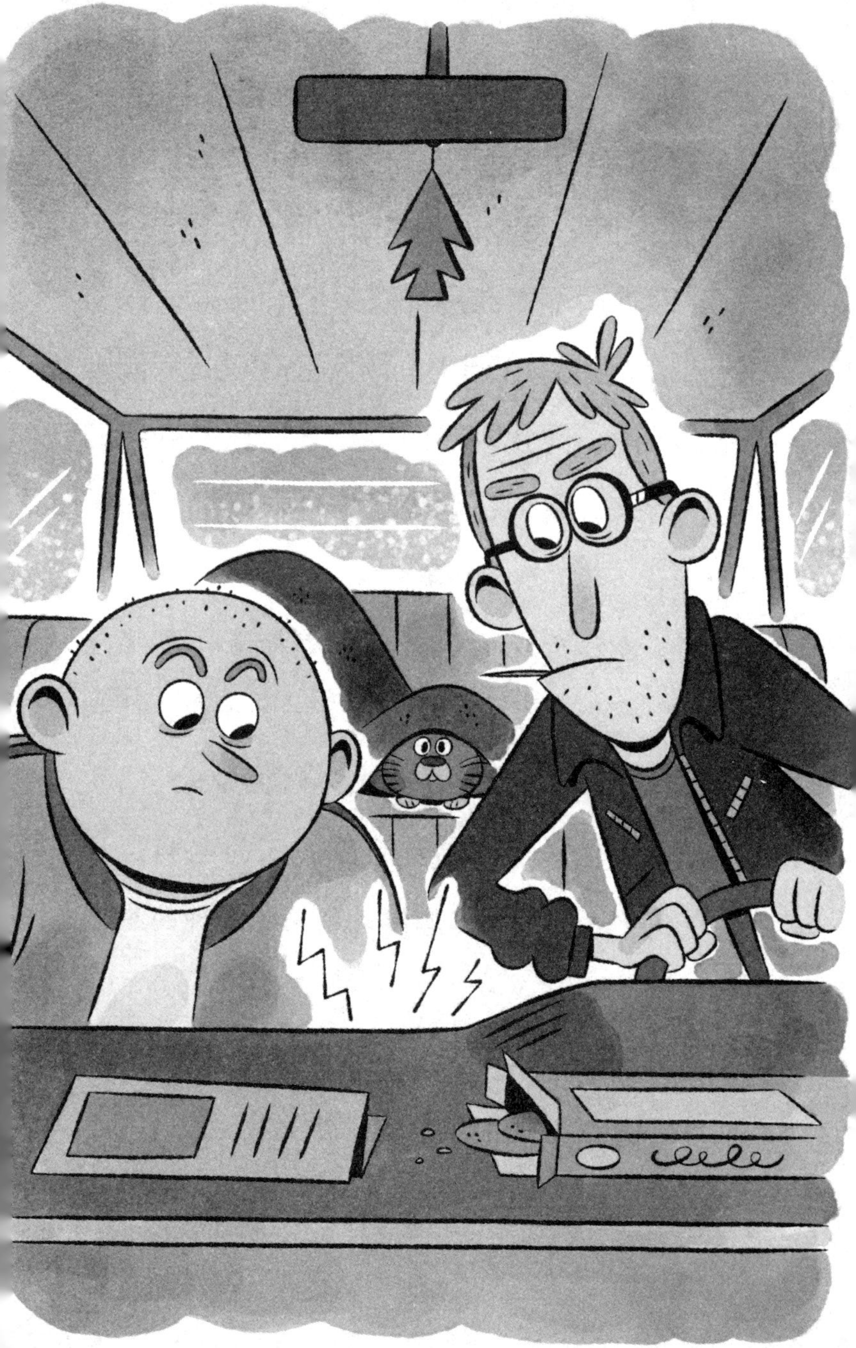

她肯定不会付赎金了,对不对?"

"闭嘴,罗密欧!先听广播!"

根本用不着动用"超级聪明的猫侦探"的脑子,我就能猜出居斯和罗密欧就是新闻里说的绑匪,而我刚好想要帮助这只被绑架的狗。看来,我现在陷进了一件很麻烦的事情里……

"各位听众,想必大家都知道,贝滕隆夫人是全世界最富有的女性之一。现在,让我们连线特派记者莱娅。莱娅,你在哪里?"

"我在诺伊利,贝滕隆夫人的宅邸。她就在我身边。夫人,您能讲述一下事件的经过吗?"

"啊,记者小姐,这件事真是可怕极了!比熊,我可怜的熊宝宝啊……"

"嗷呜呜呜！嗷呜呜呜！"

听到有人在叫他的名字，那只被绑架的大狗大叫起来。罗密欧火冒三丈地转过身来，对着我们吼道：

"住嘴，你这只脏畜生！"

我在毯子底下蜷成一团，以免被他发现。

广播里的贝滕隆夫人非常激动，她结结巴巴、口齿不清地继续说道：

"就像……就像每天早上一样，弗洛朗丝女士带着比熊……带他去布洛涅森林里……带他去溜达……"

"弗洛朗丝女士？请问她是……？"

"当然是专门带比熊出去的'遛狗员'啊！请您想一想，我已经82岁了，没办法自己出门去遛狗了呀！"

"遛狗员"？真的有这种职业吗？再说，我根本不需要任何人就可以出门去呼吸新鲜空气呀！

"她被人袭击了……真是太可怕了！不过，她现在就在这儿，您可以自己问问她。"

"弗洛朗丝女士，请问，到底发生了什么事？"

"呃……两个男人从我手里抢走了比熊的牵引绳，还用手枪威胁我。一切都发生得太快了。"

我完全相信她说的话！毕竟，我自己也被绑架了。

或者说，我很快就要被绑架了！

# 前途未卜

广播里的记者还在询问那个"遛狗员"。

"请问,您能描述一下那两个袭击您的男人吗?"

"当然可以!他们大概四十多岁,两个人都是棕色头发,特别强壮。"

什么?!这个叫弗洛朗丝的人怕是没长眼睛吧?!居斯和罗密欧根本不到三十岁!一个

是金发的瘦高个,另一个是没头发的矮胖子。

"那后来呢,弗洛朗丝女士?"

"他们带着比熊,开着一辆黑色的小汽车逃跑了。"

显而易见,这个弗洛朗丝的眼神差到了极点!

"……这就是我向贝滕隆夫人,还有警察解释过的全部情况……"

"好极了,"罗密欧说,"现在连警察也知道了吗?"

"当然,你这蠢货!告诉我,你把那封信放在哪儿了?"

"呃……放在信箱里啊,就在贝滕隆夫人的别墅旁边。"

"你的意思是,放在别墅的信箱里了吗?"

"呃，不是。居斯，我把它放在邮局的邮筒里了。它就在街角。"

显而易见，这个罗密欧的脑袋不太灵光。

"你这个蠢蛋！"他哥哥大喊起来，"现在还没到开邮筒取信的时间呢！贝滕隆夫人还不知道什么时候才能收到信。"

"真倒霉。"罗密欧叹了口气说，"难得我这次没有忘记贴邮票……"

"请各位听众注意，虽然贝滕隆夫人刚才叫它'熊宝宝'，但是'比熊'并不是小巧可爱的比熊犬。事实上，它是一只藏獒，纯种犬，价值连城。对吧，贝滕隆夫人？"

"我才不在乎我的熊宝宝值多少钱！他是我的狗狗，我爱他。只要有人能把他找回来，我愿意奖励一笔丰厚的赏金！"

"这就对了!"罗密欧说,"咱们还是赚了,对吧,居斯?只要把这只狗给它的主人送回去就行了。"

"现在送回去还太早了。警察会怀疑的,她也会质疑我们。等贝滕隆夫人收到我们那封信再说。她肯定会付给我们50万欧元的赎金,那可比小小的赏金丰厚多了!"

"你说得有道理,好弟弟。啊!慢点儿开,慢点儿开!你没看到那块指示牌上闪着的信息吗?"

"没有。你也知道,我有点儿近视。"

有点儿?我可是5分钟以前就看到那条信息了。

## 10号高速公路，拥堵距离3千米
## 建议选择辅路行驶

"居斯！赶紧从前面的出口出去！右边！"

我感到货车正在改变方向。没错，它离开了高速公路。我趁机从后车窗看了一眼外面的那些车。确切地说，是刚才跟在我们后面的那些车。

后面的车流不见了。

就在眨眼之间。

至于麦克斯的车,它连个影子都没有。

这时候,我全身的毛都立了起来,我感到深深的恐惧。我们现在走在不同的路上了,双胞胎姐妹永远也不可能找到我了!

# 千奇百怪的邻居

这只名叫"比熊"的藏獒在我旁边睡觉。

这就是藏獒吗?我以前从来没听说过。

关于西藏,我只知道牦牛,就是那种背上有个大包的牛。跟牦牛一样,比熊浑身长满长毛,这是他们唯一的共同点。

救他出去?

根本不可能。因为现在我也被困住了!

前面的车载广播现在只播放音乐了。

至于罗密欧？

他睡着了。好吧，他还真有信心！

要知道，居斯开车的时候一直瞪着两只眼睛。我敢说他根本看不清路，GPS怎么说他就怎么走。

"前方环岛，请选择第3个出口。前方100米，往左转……"

我透过后车窗看了一眼，没有人跟着我们。

我觉得这条路好像没有尽头。我真讨厌这些铁盒子，尤其是当它载着我以每小时100千米的速度往前开的时候，这简直就是发疯！

要是居斯能停车，哪怕只有一分钟，我就可以逃走了。

可是，他连续不停地开了几个小时。

天色暗了下来。白色货车开到了一座花园别墅门口。他把车停在了车库门前。

我在后座上窥探着动静。我已经准备好跳下车了。

真倒霉！居斯拿起一个东西，按了一下。只听"嘀"的一声，车库门打开了。白色货车刚停进去，那道门就关上了。天哪，我恨这些电子遥控器！

最后，那两个家伙总算下车了。我跟在罗密欧身后，趁他"砰"的一声关上车门之前成功溜走了。

他们解开了比熊的绳子，硬拉着他往前走。他们要去哪儿呢？谁知道！

不过，这条走廊太窄了，我没法跟着他们。

在他们的身影消失之前,那只大狗痛苦地大叫起来:

"嗷呜呜,嗷呜呜呜,放开我!!!你,那只猫,不要抛弃我啊!!!"

以目前的情况吗?亲爱的比熊,实在抱歉,我也无能为力。

这座车库有一扇敞开的透气窗,一股野兽的气味飘了进来,刺激着我敏感的鼻子。狼?老虎?豹子?不对!是所有这些动物的气味!

我跳了两步,来到了透气窗跟前。窗外是一幅无比奇特的画面。

对面有一座又高又尖的石头山,从山顶流下一道瀑布。瀑布的水落进湖里,许多火烈鸟正在水中漫步。在更远的地方,几头大象正

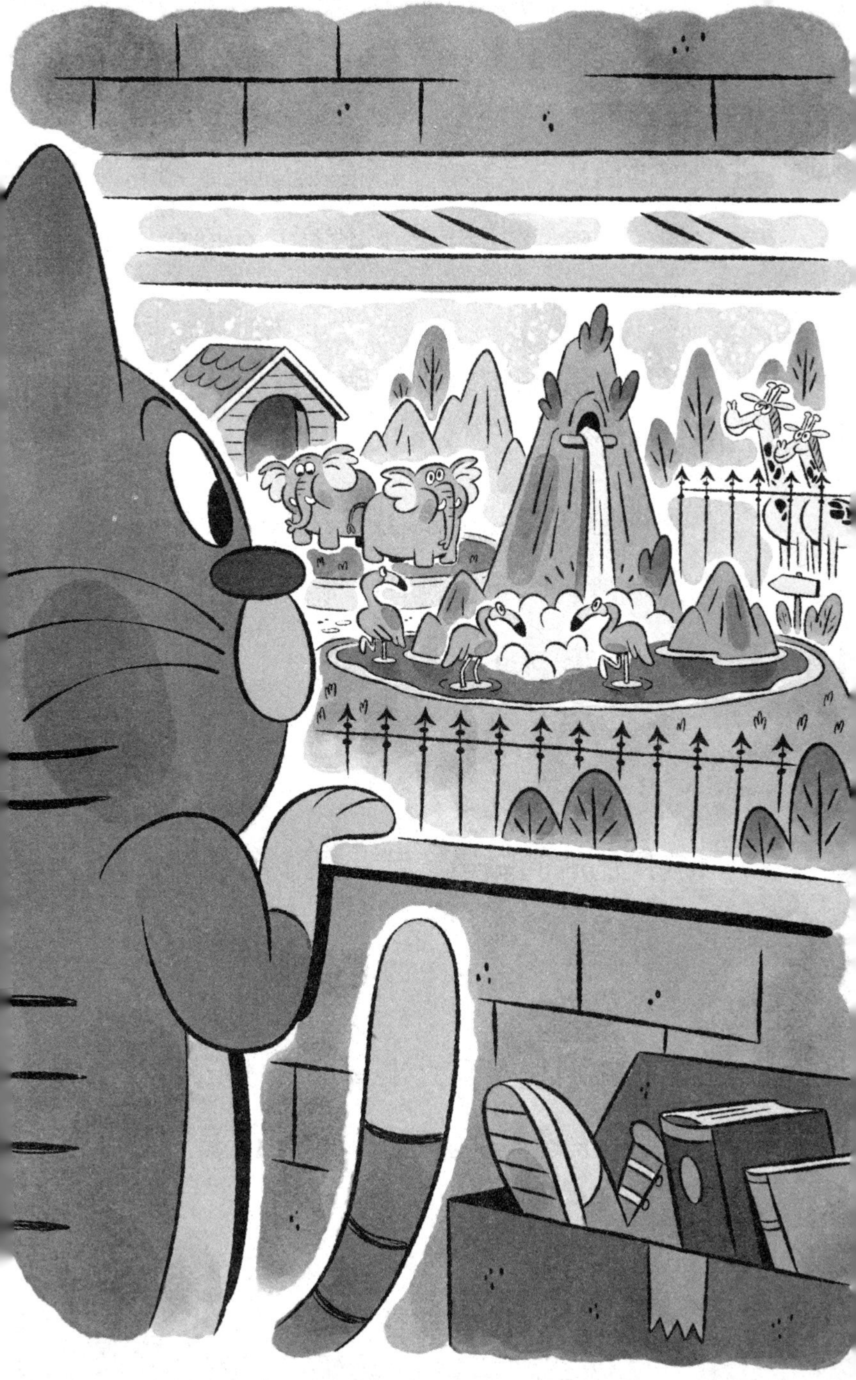

在慢慢地踱步。大象的对面是长颈鹿，它们伸直了长长的脖子，从巨大的铁栏杆后面探出了头……

没错，是动物园！这座别墅旁边居然是一座动物园！

各种各样的动物发出各种各样的声音：嗥叫、咆哮、啁啾、嘶鸣、嗷嗷、哞哞、昂昂、吱吱……

"嗷呜呜！嗷呜呜呜！那只猫……救命啊！！！"

这是比熊的喊声。我跳到了花园里的草坪上。

"我在这儿！"

我绕着别墅兜了大半圈，这才发现一个窄窄的地下室透气窗。它跟地面一样高，上面还有两道栏杆。

我看到了比熊,他被关在地下室的笼子里。

他坐在一个满满的狗食盆前面。

我从这个狭窄的透气窗钻了进去,跳到了地面上。这个高度,应该有两米吧。

"总算来了!小猫,你可真够慢的……"

# 越狱行动

显而易见,比熊是一只被惯坏了的狗。随口乱说,毫无教养,早就习惯了别人把他当作高贵的王子来伺候。

有那么一瞬间,我简直想不管他了。

可是,这只大狗哼哼起来。他抬头看了看透气窗,嘟嘟囔囔地说了好多话,大概意思是:

"窗户太高了，也太窄了，我可没法像你刚才那样跳出去！"

我本来想回答他说，是你自己太高、太胖了，所以才跳不上去，也钻不出去！但我还是忍住了。

他闻了闻狗食盆里的食物，大叫起来，大概意思是：

"你看到这些食物没有？太恶心了，是不是？简直难以下咽！"

我看出来了。这位先生是只精致的狗。

他一脸鄙夷地打量着这个地方。他失望地长叹一声，重重地趴在地上，鼻子和嘴巴放在两只前爪中间。

"这里也太窄了吧！又暗！又潮！甚至连块地毯都没有。还有刚才走的路！天哪，好远,累死我了……"

不知道的人准以为那么长一段路都是他自己走的呢,结果我现在还得想方设法把这个大笨蛋从这儿救出去。天哪,这只笨狗居然被两个比他还要笨的家伙给抓住了!

为了嘲笑他,我伸展了一下全身的肌肉,跳上了透气窗。原地起跳,连助跑都用不着。

我站在窗户上,看到天空已经泛红了,同时,我闻到空气里有种咸咸涩涩的味道。

哦?看来我们离大海也不远啊。

突然,我听到"咔嗒"一声。

那是钥匙开锁的声音。

地下室的门开了。

矮胖子罗密欧走了进来,手里提着一桶水。

"咦，比熊，你怎么没吃饭？来吧，喝点儿水，你肯定渴了……"

我站在高处的透气窗上，心想，这是个意想不到的好机会。

我纵身一跃，跳向罗密欧的头顶。

接着，我用四只爪子牢牢地抱住了他的秃头。

"啊啊啊啊啊！好疼！救命啊！"

罗密欧放声大叫，与其说是感到疼痛，倒不如说是吓破了胆。

他放开手里的水桶，水桶掉在地上，水浸湿了他的鞋子和裤子。

我喵喵地叫了起来。我是在对那只大笨狗说：

"快逃！逃啊，比熊！你还在等什么呢？！"

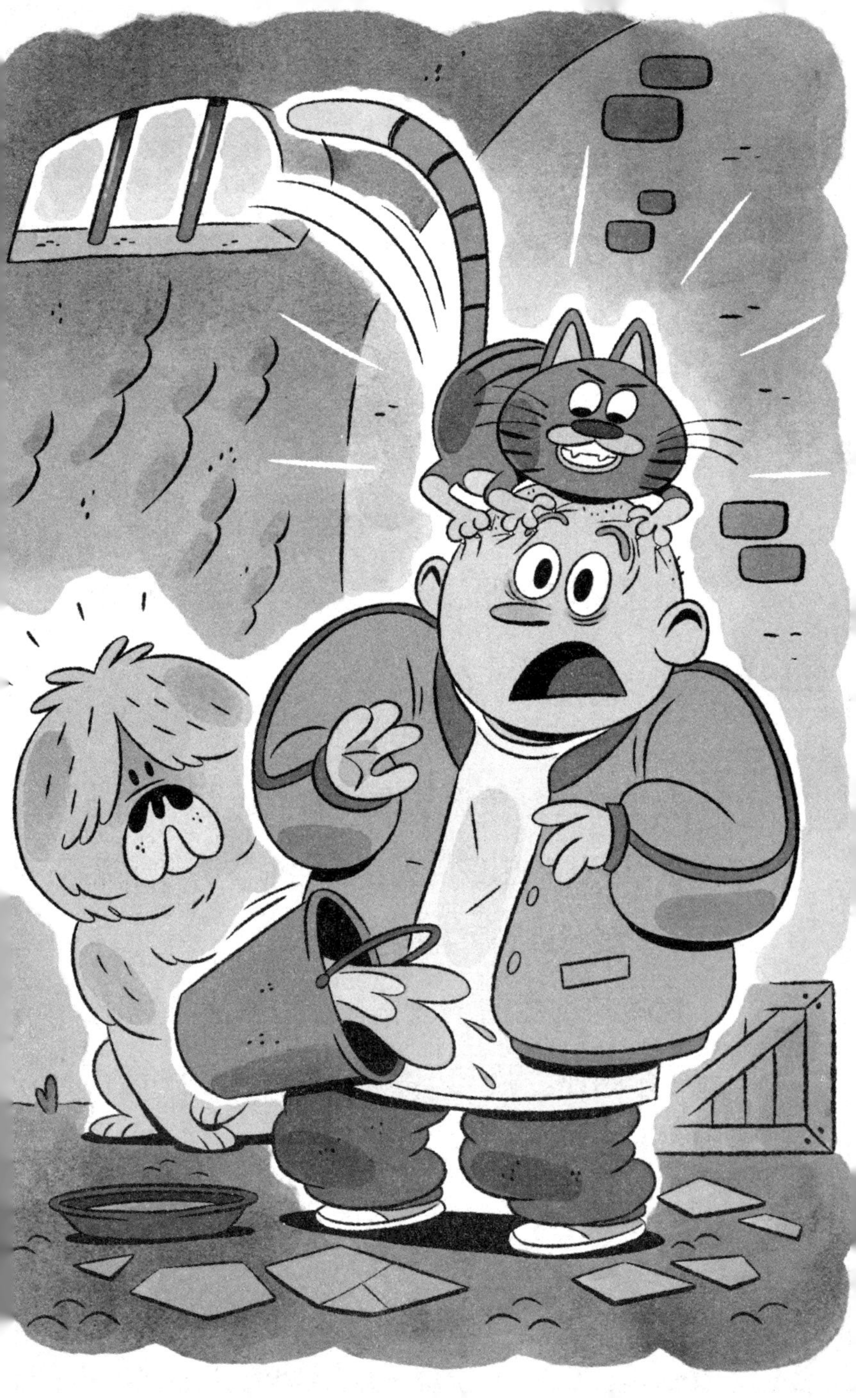

他好像很犹豫。罗密欧两手乱挥，想要抓住我，把我从他的头顶上拽下来。那只大笨狗朝门口小跑过去。他站在门口，左看看，右看看，就好像正要穿过一条撒满钉子的大马路。

"快点儿！别看了！快跑！"

谢天谢地，他总算听懂了。他消失在走廊里。

"见鬼的臭猫！你给我下来！"

罗密欧已经接近了透气窗，我立刻跳向这个意想不到的出口。现在，他根本不可能抓到我了。我已经到了花园里。

我转向别墅的一角，在那里跟大笨狗比熊撞了个满怀。呃……更确切地说，是我的小鼻子撞上了他的大鼻子。

唔，很好，起码他有进展了。他在10秒之内来到了外面。

"不对，比熊！别去那边！"

这只傻狗，他打算走花园里的小路。那也太容易被人看见了吧！我钻进了灌木丛，又从铁丝网底下钻了过去……

"跟着我！动作再快点儿！"

唉，比熊很难跟上我。这只大笨狗累得气喘吁吁，连舌头都伸出来了。

等我们来到省道边上时，他猛地站住了。

"呃……等等，现在咱们去哪儿啊？"

"你说呢？！难道你不想回家吗？"

"可是我家很远啊，对吧？"

说得没错。根据我的估计，巴黎离这儿有600千米。至于佩里戈尔，恐怕也不比巴黎更近。我们肯定得走一个礼拜才能到达热尔曼家。

我都用不着跟他解释这些，比熊只走了100米就停下了。

垂头丧气。

筋疲力尽。

肚子空空。

毫无疑问，这是一只城市狗，而且还是一只生活奢侈的城市狗！

而且，他一边喘气，一边小声问我：

"等等，小猫，你不会到现在还觉得我们能自己走回家去吧？"

# 花园里的"惊喜"

"比熊……当心!"

太晚了。那辆白色货车突然出现在我们身后。

驾驶座上正是居斯。

我猛地跳到一边,避开了冲过来的车轮。

副驾驶座的车门打开了。一只手(矮胖子罗密欧的手)突然伸出来。他一把抓住比熊的长毛,用力把他提了起来!

那只大狗惊恐地大叫起来。

转眼之间,他就被塞进了货车里。

我气恼地喵喵叫起来,我干吗要给自己找这么多麻烦呢?

帮这只愚蠢的大狗逃走对我来说又有什么好处呢?

我慢慢地接近那座别墅,就像只偷偷摸摸的老鼠。啊,不对!像只偷偷摸摸的猫。

我应该去佩里戈尔才对,去热尔曼家。我真的好想贝贝和乐乐啊!

可是说到底,那只大狗说得也没错,单靠走路,我们还不知道得走上多久。

我沿着动物园的围墙往前走。动物园的入口离得很近。然后,我来到别墅跟前,这里离居斯和罗密欧已经只有几步远了。

透过一扇玻璃门，我看到他们俩坐在桌边，正在看电视，他们面前的食物看起来比他们给比熊吃的糊糊要精致多了。

比熊肯定又被扔进那个小牢房里去了。

我要去证实一下……

"你……你是谁？？？"

在黄昏的暮色中，我隐约瞧见一只小猴子，他的尾巴弯成一个大大的问号。

好有趣的动物！难道这就是传说中的马苏比拉米*吗？

"你到底是谁？？？"

"这不是看得很清楚吗？我是只猫！我叫赫尔克里。"

我抬起头，转动着胡子，指着动物园的方向：

"哎，我说，你是从笼子里逃出来的吗？"

---

*马苏比拉米是法国电影《追踪长尾豹马修》中的卡通形象。

"不是。我住在这儿。"

他指了指自己身后,我看到那里有一个小窝。

"这样的话……你是看门狗吗?"

"朋友,你搞错了!我是一只狐猴,我的名字叫卡亚。"

狐猴。哦,没错,我想起来了——狐猴亚目的狐猴。

他们很活泼,还很多话!不但善于利用各种叫声,更善于用手比画。因此,我们也能顺利地理解对方的意思。

"你说得没错,我确实来自动物园。居斯和罗密欧是两个看门的,他们把我从爸爸妈妈身边抓走了。从此我离开了他们,还有我的兄弟们。"

"照这么说,那两个坏蛋一定很喜欢你吧?"

"你在搞笑吧!还不如说他们很喜欢拴住我!"

狐猴卡亚用两只前爪摇晃着一根细细的链子。那根链子藏在草丛里,其中一头连着卡亚的脖子,另一头连着固定在墙上的圆环。圆环上还附带着一把大锁。

"他们把我从动物园里偷了出来。他们可能想把我卖掉……说说你,我以前可没在这附近见过你！你来这儿干什么呀？"

唉，好吧，我还得给他讲述一下我的"大冒险"。于是，我说了自己跟比熊的相遇，他被抓的经过，还有赎金的事儿。

狐猴卡亚居然并不惊讶。

"哎呀，赫尔克里，作为一只猫，我觉得你看起来非常机灵嘛！"

"卡亚，你说得没错。我是一只与众不同的猫……"

"要是你能想出办法救走那只大狗，你能也想办法帮帮我吗？"

咳！现在我不止要解救一个囚犯，而是要救走两个囚犯了。突然，卡亚往后一跃，小声对我说道：

"当心……有人来了。没错，是弗洛的车！"

# 神秘的共犯

他说得对,明晃晃的车灯照亮了外面的小路。

我小心翼翼地钻到一丛灌木底下躲了起来。

一个年轻女人从车里下来了。她敲了两下落地窗,走进屋里,连窗户也没关。

这让我有机会偷听他们的对话。

"弗洛,是你吗?你怎么到这儿来了?"

瘦高个居斯看起来并不高兴。

罗密欧倒是非常高兴的样子。

"你好啊,弗洛!哇哦,你知道吗?我们在电视里看到你啦!"

"是这样的。"居斯嘟嘟囔囔地抱怨道,"这样一来,你就是在冒险!万一你被警察跟踪了怎么办?"

"别担心,居斯,我很小心的。贝滕隆夫人把我解雇了。我留在诺伊利已经没什么事可做了。于是,我就回来了。"

"解雇?"罗密欧重复道,"那她是怀疑你了吗?"

"没有。只不过现在没有狗给我遛了,我就失业了。"

"你放心吧。"居斯对她说道,"等到贝滕隆付了赎金,你就能拿到你的那份了。"

"说到赎金,"罗密欧叹了口气说,"恐怕有个问题。"

"什么问题?"

"呃,是这样:50万的酬金,咱们3个人没办法平分呀。咱们应该要30万,那样分起来可就简单多了。"

"30万根本不够花。"居斯说,"不过,弗洛,你确定贝滕隆夫人会付赎金吗?"

"她会的。只要能把比熊赎回去,花多少钱她都愿意。"

"这值得喝一杯,庆祝一下!来吧,冰箱里还剩一些香槟。"

他们三个人一起走了。

于是,我用胡子量了量落地窗的窗户缝,钻进了屋里。

客厅里空无一人。电视屏幕上,一群印第安人正在攻击一辆马车。静音。

我听见厨房里传来"砰"的一声,那是有人打开瓶塞的声音。

接着,我看见客厅的茶几上有个圆环,上面还挂着一把钥匙。

难道是小牢房的钥匙?

这个时机太完美了。我跳上茶几,叼起钥匙圈。哦,原来它是皮制的,比我预想的要轻得多。

太好了!我只花了3秒钟,就带着战利品回到了花园里。

我觉得钥匙实在有点儿小。

而且,我根本没法使用它。

不过,卡亚应该可以用它开门。

看来,还是得先把他给救出来。

我把钥匙放在了他脚下。

"哇——"他高兴得直咧嘴,怪模怪样地大叫起来。

他干吗兴奋成这样?

他用两只手抓起了皮制钥匙圈。

"这是我以前用的项圈!还有开锁的钥匙!"

他把钥匙拆下来,一蹦一跳地朝墙上的圆环冲过去。

哪怕我是只与众不同的超级猫咪,也有一个永远也比不上猴子们的地方:他们没有"爪子",但他们有一双"手",有手指的手。

卡亚只用了一秒钟就打开了那把锁。

"谢谢你,赫尔克里!"

卡亚紧紧握住我的一只前爪。他甚至还用另一只手搂住我,满怀感激地给了我一个非常正式的拥抱。

"多亏了你,我可以跟爸爸、妈妈还有兄弟们重新团聚了!"

# 动物园里的一夜

我指了指卡亚脖子上拴着的链子。它足有6米长,至少有3千克重,和他的体重差不多了。

"先等等,卡亚!你还没完全自由吧?你瞧,你现在被绊住了手脚。更确切地说,是脖子。戴着这玩意你恐怕很难行动……"

卡亚把链子捧在手里。这我可很难帮他了。

要是他戴着这根链子逃跑,那他肯定跑不远。

他很快就会被抓回来的。

一阵说话声传了过来,是居斯、罗密欧和弗洛朗丝的声音。他们已经回到客厅里了。

我听到了他们碰杯的声音。

我小声对卡亚说:

"趁他们还没发现钥匙不见了,我们快跑!"

"去车库。居斯总是不锁门。"

车库?太奇怪了吧。

但我还是照做了。我帮卡亚叼着一截链子。我们刚进车库,卡亚就指了指挂在墙上的一把锯子。

"我得拿到那件工具!你能帮我这个忙吗?"

这可不容易。我简直是在演杂技！而且，我又得多拿一样东西！

刚到了花园里，卡亚就指着动物园大门说：

"咱们要去那边！"

"你更想跟家人团聚，而不是享受自由吗？"

"自由？赫尔克里，是这样的，动物园里的任何动物都没法独自在野外生活了！人类改变了我们，我们必须依靠他们才能活下去。"

他说得没错。在法国，我很少看见蟒蛇、狮子或者大象能够独自在野外存活很久。

人类设下陷阱，逮住这些动物，害得它们远离家乡，还要被人类控制和奴役。

有时候，如果人类不打算卖掉或吃掉这

些动物，他们就不会杀死它们，而是把它们关进马戏团或者动物园，展示给其他人类看。

好了。我们动作得快点儿。我已经听见远处传来了愤怒而又惊讶的喊叫声。

首先传来的是居斯的声音：

"罗密欧！我怎么没看见那只狐猴？"

"这不奇怪。你本来就啥都看不见！再说，现在是晚上。等等……"

"哎呀！"弗洛朗丝大叫起来，"是真的！那只狐猴不见了！它居然打开了锁！"

"什么？它怎么可能会开锁？那个项圈呢？钥匙呢？！"

"它戴着链子跑不快的。"居斯推断道，"它肯定就在附近！"

他猜错了。我们刚刚钻过了动物园的大门。

惊惶失措的鹦鹉在笼子里盯着我们。我们拖着长长的链子一路往前走。

湖里的火烈鸟都站了起来。它们只用一只脚站着,观察着我们的行进方向。真是一群古怪的平衡大师!

"欸,卡亚,咱们这是去哪儿?还有多远?"

"去大猩猩馆,就在这边。他们都是我的堂表兄弟。"

呃!!瞧他们那个头,还有那副凶相,我可不相信他说的话。

"赫尔克里,只有他们能用这把锯子锯断铁链!"

"他们会帮你的忙?你确定吗?"

"当然确定。我们灵长类动物总是互相

帮助！你在这儿等我。咱们得小心行事。"

好吧。虽然卡亚看起来很自在，可我一想到周围全是陌生的动物，就忍不住要打哆嗦。远处传来了猛兽的吼声。啊哈，没错，这里也有不少我的"堂表兄弟"呢。他们差不多都是大家伙。不远处有一头犀牛在喷鼻。几只河马正在泥浆里打滚，弄出"噗噜噗噜"的声响。

这座动物园里，一个人都没有。

我缩在一丛灌木底下，听见锯条的摩擦声。

最后，我差点儿就睡着了，可还是支着一只耳朵，保持警惕。

又一阵摩擦声惊醒了我。那是动物园大门打开的声音。

大猩猩馆

天已经蒙蒙亮了。

动物园居然这么早就开门了吗?

不对。只有一辆小卡车开了进来。

应该是员工们来上班了。

我既没看见罗密欧,也没看见居斯。太好了。

可是,狐猴卡亚还没有回来。

几个人从那辆车里搬出了一些奇怪的鸟。是秃鹫!不过,我的注意力很快就被卡车上印的字吸引住了:

**罗姆动物养殖**

**24 100 贝尔热拉克**

# 偷偷摸摸的乘客

"嘿，赫尔克里……你还在睡觉吗？"

我吓了一跳。狐猴卡亚悄无声息地回来了。

他指了指自己的脖子。

"你瞧，链子没啦！大猩猩们干得漂亮。"

"可是……你又把自己原来的项圈戴上了？"

"当然啦!项圈就是我的身份证呀!"

的确如此。那个皮项圈上刻着字:

卡亚

**狐猴/环尾狐猴**

**大洋动物园**

"卡亚,你能帮我一个忙吗?"

"当然可以,赫尔克里,你想让我帮什么忙都行!"

"我希望你能陪我去一个地方。"

"去哪里?"

"去佩里戈尔,找我的两个小主人。"

"呃……她们可休想收养我!这里才是我生活的地方。"

"你放心,就是简单的一来一回。"

"可我不知道佩里戈尔在哪儿呀!也不

知道怎么去……"

"你别担心。照我看,那辆小卡车的司机一定非常清楚该走哪条路!"

那个司机正跟一个穿黑制服的男人说着什么。难道那是动物园的负责人?

秃鹫们都被搬了出来,小卡车现在已经空了。

卡亚和我偷偷地钻进车里。

车里弥漫着一股强烈的腐肉味儿。太可怕了!

"赫尔克里,你看!笼子、稻草、纸箱子……"

我们要不要藏进这堆臭烘烘的东西里去?用不着了。小卡车开动了!

卡亚飞快地冲向一扇没有玻璃的窗户。

他攀上窗户栏杆,对我解释道:

"咱们离开动物园啦!那边是别墅。永别啦,居斯、罗密欧!"

"卡亚,你能帮我把这些纸箱子都堆起来吗?"

在卡亚的帮助下,我跳上了堆好的纸箱子,来到一扇小窗户跟前。窗户另一边是正在开车的司机。他只有一个人。我瞧见马路正在快速后退,接着上了高速公路。

卡亚看起来很担心。

"你确定我们现在是去贝尔热拉克吗?"

呃,不确定。再说,我也不知道确切的路线。

两个小时以后,小卡车停下了。我心存疑虑,好在司机只是想休息一下。

又过了一个小时,我瞧见一块指示牌:

**贝尔热拉克　18千米**

哇哦!太好了!贝尔热拉克就在佩里戈尔地区,方向总算没错……

就在这时,我听到了手机铃声。

我立刻支起耳朵,只听那个司机大声说:

"啊?好的,那我就先回家了。没问题,老板,明天见。"

"是好消息吗？"卡亚紧张地问我。

不知道哇！我只知道怎么从贝尔热拉克去热尔曼的家。可是，要我从一个陌生的地方找过去，恐怕很困难。

我们俩的运气不错。小卡车刚过了拉兰德镇就停了。

卡车司机住在多尔多涅河边的一个小镇里。这里距离热尔曼的村子应该只有10千米了。

他把车停在自己家门口，然后远程关闭了车门——咔嗒！

"哎呀，"我对卡亚说，"这可是个坏事儿啊。"

"为什么呢？"

"因为，我们俩现在成了被关在这辆车里的囚犯啦！"

# 重逢

"放心吧,没问题。"卡亚安慰我说。

他蹲在卡车后部,摆弄着车门锁。

仅仅过了10秒钟,门锁就重新打开了。

嘟——嘟——

显然,打开的门锁触发了警报装置!

不要紧。我们俩已经跳到马路上去了。

我喵喵叫起来:

"不对，卡亚，往这边走……跟上我！"

我经常跟着双胞胎姐妹到拉兰德来——在每周六的集市日。

我们很快就来到了多尔多涅河边。

"赫尔克里，你确定吗？"

"当然！一直往上游走，咱们就能走到热尔曼家。而且，那边是拖船的纤夫走的路，比省道要隐蔽多了。"

绝不会有路过的人遇到我们这个古怪的组合。

在青草和苔藓上奔跑可真是太惬意了！船上的渔民根本连看都不看我们俩。

没过多久，我们就进了村子。我跳进热尔曼家的花园。热尔曼不在家，他把房子借给了双胞胎姐妹和她们的父母。他们四个坐在大椴树底下的桌子旁边，我的突然出现准会把他们吓一大跳的。

他们一家人正在吃午饭，我轻轻地叫了一声。

"天哪，赫尔克里！"贝贝喊道，猛地站了起来。

"是你！你回来了！"

乐乐把我抱在了怀里。她抽抽噎噎地哭了起来。

当然，这是惊喜和快乐的眼泪。

"难以置信！"麦克斯大叫道，"这只猫总能让我们大吃一惊。"

罗洁丝对卡亚非常感兴趣。他正乖乖地等在一边。

"乐乐、贝贝，你们看，赫尔克里好像

把他的小伙伴也带来了。"

"太好了!"乐乐叫起来,"是只小猴子!他长得太可爱了吧!"

"而且一点儿都不凶。"贝贝跟着说。

狐猴卡亚温顺地坐在了贝贝的肩膀上。

"这不对劲。"她们的爸爸检查着卡亚的项圈,"这只猴子应该是逃出来的。你们看,他叫卡亚,来自大洋动物园。"

"大洋动物园!"乐乐兴奋地说,"我们听说过好多次了……"

"爸爸,我们去那儿看看怎么样?"贝贝提议说。

"我们今天下午就去看看!"她们的妈妈立刻做出了决定,"我觉得这只陌生的小动物吃得不好,也没有得到妥善的管理。"

我从来没得到过这么多疼爱、呵护和抚摸!

双胞胎姐妹俩对我寸步不离。她们连甜点都忘了吃,却给我打开了一袋新鲜的猫粮。

卡亚乖乖地让人抱着。他在双胞胎姐妹的肩膀上跳来跳去,大声对我说:

"赫尔克里,你也……太幸运……了吧!居然有……这么好的……两个小主人!"

全家人带着卡亚坐进了车里,我也走了过去,喵喵地叫起来。

贝贝很惊讶地问:"赫尔克里,你也想去吗?真的吗?"

"可是你最讨厌坐车啦!"乐乐跟着说。

头脑更敏锐的罗洁丝猜出了真相:"赫尔克里不想离开他的朋友卡亚。这一切背后似乎另有隐情。不过,到底是什么呢?我们去看看就知道了!"

# 当场抓获

我走了多远呀!汽车、货车、卡车、走路,现在又是汽车……

到了动物园停车场,我立刻溜走了。

"赫尔克里,回来!"麦克斯大喊,"动物园禁止动物入内!"

这话说的。这里明明有好几千只动物!

罗洁丝立刻明白了,我想去的地方不是

动物园,而是那两个看门人的小别墅。

我绕过那座房子,来到那扇透气窗跟前站定。

"嘿,比熊……快醒醒!"

被关在地下室的囚犯抬起头,他一下子跳起来,高兴得叫个不停。

"哇!汪汪汪!汪汪汪!赫尔克里!你回来了!太好了!你知道吗?你不在的时候,我可真是无聊极了!汪汪汪!万岁!"

"冷静点儿。我们是来救你的。居斯和罗密欧去哪儿啦?"

"干活儿去了,肯定是去动物园了。我还以为你把我抛弃了呢……"

"哎,赫尔克里,你在那儿干什么呢?"

麦克斯想把我抱起来。双胞胎姐妹很好

奇地弯腰朝透气窗里面看。乐乐最先发现了情况："哎呀，你们快来看！地下室里有一只小狮子！"

"不对。"贝贝表示反对，"那是一只大狗。太奇怪了，听说……"

"那不是比熊吗？！"罗洁丝叫了起来，"就是贝滕隆夫人家被掳走的那只狗！"

完美！我不在的时候，这家人也看了新闻。

"没错！！！就是他！！！"狐猴卡亚大叫着表示肯定。

"是赫尔克里带我们来找他的！"乐乐说。

"难以置信……"麦克斯词穷地嘟囔着，"天哪，你们俩的这只猫真的让人难以置信！"


罗洁丝按响了小别墅的门铃。当然，根本没有人来开门。她拿出手机，听她的口气，应该是给她的同事打电话："没错。一只藏獒被关在地下室里。照我看，就是那只有名的'比熊'。队长，我很确定！这样吧，我用手机给您发张照片。"

没过多久,巡警就来了,紧接着又来了一群警察!6,不对,足足7辆警车开进了别墅花园!

"呃,各位,你们这阵仗也太大了吧!"麦克斯对他们大喊,"快把警灯关了,万一要是搞错了……"

"一点儿没错,就是那只'比熊'。"其中一位警官肯定地说,"我们把照片发给了贝滕隆夫人,她立刻就确认了。她马上就来。坐的是直升机!哟,你们看,那两个小偷好像回来了。"

因为眼神不好,居斯还瞪着眼睛往前走,完全不明白发生了什么。罗密欧定住了,他朝自己的同伙大喊起来:"有警察!快跑啊！快！"

这主意可不怎么样。他们转身的时候撞在了一起，又撞上了跟在后面的弗洛朗丝。

坏蛋三人组倒在地上打滚。

可悲可笑。

其中一名警官忍不住笑出声来。

"快看！那位遛狗的女士也在这儿呢！"

"真是让人高兴的巧合啊。"另一位警官接着说，"真正的'一石二鸟'。"

"'一石四鸟'才对呢。"乐乐纠正他，"比熊、两个小偷，再加上他们的同伙。"

数学更好的贝贝大声说："不对，是'一石五鸟'！你把卡亚给忘啦！"

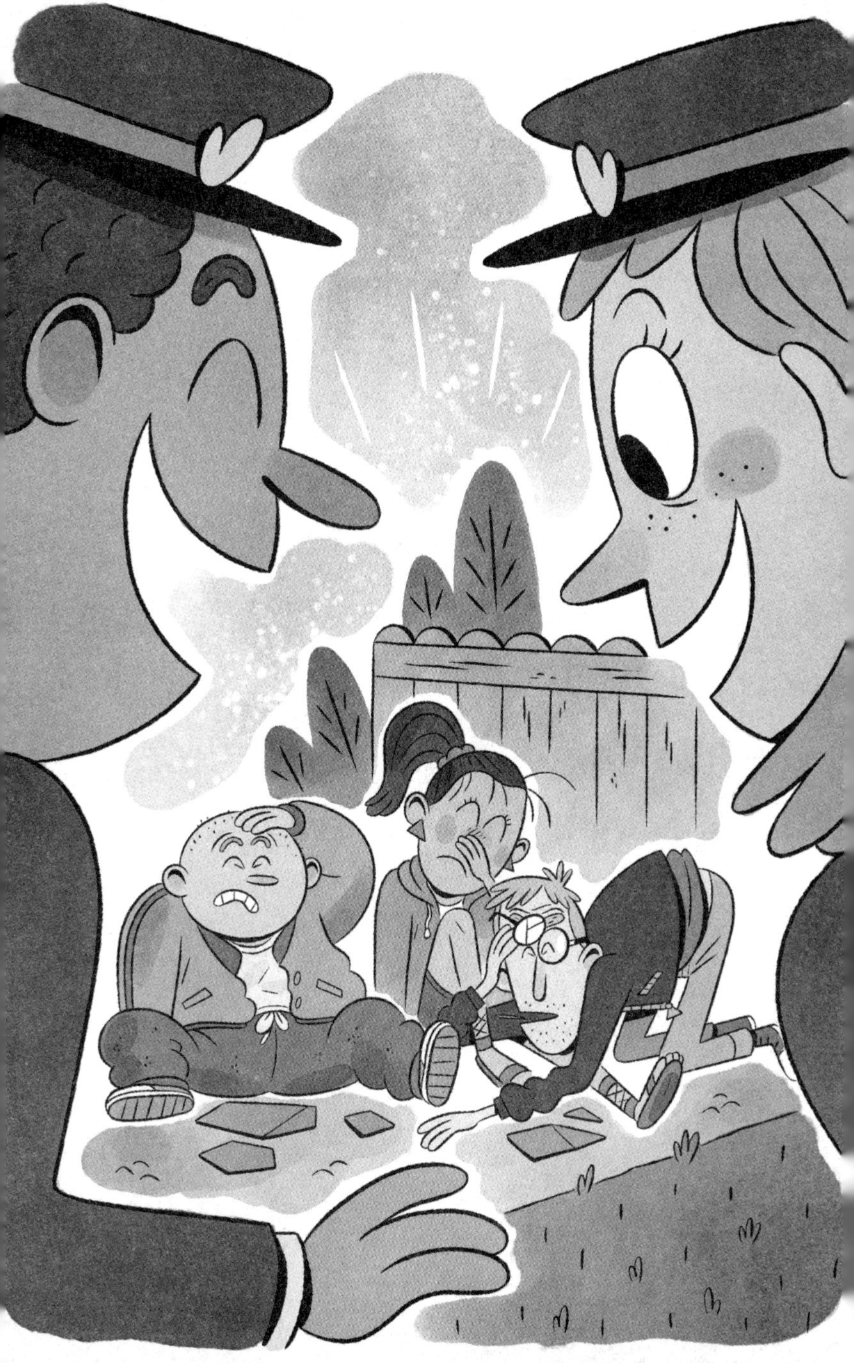

# 尾声

她说得没错。警察通知了动物园园长,园长认出了卡亚。他指着那两个坏蛋,火冒三丈地嚷了起来:"这两个看守信誓旦旦地说狐猴逃走了!哼,我们早就怀疑他们从园里偷走动物,再把它们放到网上去卖。"

"这一回,"麦克斯接着说,"他们甚至都偷到诺伊利去了。"

"再见了，赫尔克里……再次谢谢你！"

卡亚走过来，跟我蹭了蹭脸，然后跳到了园长的肩膀上。

比熊被放了出来。他立刻朝我奔过来，一边高兴地大叫，一边用他那条湿漉漉、黏糊糊的大舌头反复向我表示友好。（呃，脏死了！）

过了一个小时，贝滕隆夫人从机场坐着出租车赶来了。她发现自己的狗一直待在我身边，不愿意离开我。

"熊熊！我的小熊熊！哎呀，看到主人来了你怎么都不高兴呢？"她的眼神肯定比居斯还差，因为比熊一点儿都不小！

比熊紧贴着我，搂住我坚决不放开。

"他平时很不喜欢猫。"贝滕隆夫人对麦克斯和罗洁丝实话实说,"哎呀,好啦,我的小熊熊,咱们该回家啦!"

看到她的狗把我当成了最好的朋友,她转身对双胞胎姐妹的父母说道:"那只猫是你们家的吗?我要买它!"

"呃,那是我两个女儿的猫。"麦克斯解释说。

"赫尔克里不卖!"贝贝大声反对。

"给多少钱也不卖!"乐乐跟着说。

"真的吗?我给你们1000欧元……不,1万欧元!"

"夫人……"罗洁丝小声说。

"10万欧元!这是你们应得的。多亏了那只猫,我才能找到我心爱的熊宝宝。况且,你们还帮我省下了赎金。"

听到这儿,我承认,我微微哆嗦了一下。

好吧,我一直都知道自己非常有价值。

可是,10万欧元!这可真不是个小数目。

幸运的是,双胞胎姐妹把我紧紧抱在了怀里。

我惊讶地听到麦克斯很认真地回答:"卖掉我女儿们的猫?不好意思,夫人,这件事免谈。"

真是难以置信,对吧?

# 作者介绍

克里斯蒂安·格勒尼耶，1945年出生于法国巴黎，自从1990年起一直住在佩里戈尔省。

他已经创作了一百余部作品，其中包括《罗洁丝探案故事集》。当时，我们还不知道作者对猫咪有着特别的偏爱，也不知道这些探案故事的女主角罗洁丝已经做了妈妈，还生了一对双胞胎女儿。

看来，赫尔克里——一只具有神奇探案天赋的猫，带着他的两个小主人（乐乐和贝贝）一起去探案，也不是什么值得大惊小怪的事情啦！

# 插图作者介绍

欧若拉·达芒，1981年出生于法国的博韦镇。

她2003年毕业于巴黎戈布兰影视学院，此后在多部动画电影中担任人物设计和艺术总监。她曾经为许多儿童绘本编写文字或绘制插图，同时在儿童读物出版行业中工作。

她与自己最忠实的支持者——她的丈夫朱利安和她的猫富兰克林一起生活在巴黎。